W9-BBQ-585

A Charmed Life
Una vida con suerte

By / Por

Gladys E. Barbieri

Illustrations by / Ilustraciones de

Lisa Fields

Spanish translation by / Traducción al español de

Carolina E. Alonso

Piñata Books
Arte Público Press
Houston, Texas

Publication of *A Charmed Life* is funded by a grant from the City of Houston through the Houston Arts Alliance. We are grateful for their support.

Esta edición de *Una vida con suerte* ha sido subvencionada por la ciudad de Houston a través de la Houston Arts Alliance. Le agradecemos su apoyo.

Piñata Books are full of surprises!
¡Piñata Books están llenos de sorpresas!

Piñata Books
An Imprint of Arte Público Press
University of Houston
4902 Gulf Fwy, Bldg 19, Rm 100
Houston, Texas 77204-2004

Cover design by / Diseño de la portada por Bryan T. Dechter

Library of Congress CIP data applied for.

∞ The paper used in this publication meets the requirements of the American National Standard for Permanence of Paper for Printed Library Materials Z39.48-1984.

Printed in Hong Kong in November 2015–February 2016 by Book Art Inc. / Paramount Printing Company Limited
12 11 10 9 8 7 6 5 4 3 2 1

For the children of the Lennox community. May you travel the world of love and light.
—GEB

For my mother.
—LF

Para los niños de la comunidad de Lennox. Que viajen por el mundo con amor y luz.
—GEB

Para mi madre.
—LF

The bus climbs to the top of the hill. My mom grabs my hand as we get off the bus and walk down to a smaller street. As we're walking, she recites her list of dos and don'ts. Not wanting to hear them again, I blurt out, "Mamá, I know already!"

She puts her hands on my shoulders and says, "Felicia, I need you to behave. Is that understood?"

Not wanting to get in trouble, I simply nod yes.

El autobús sube hasta lo más alto del cerro. Mi mamá me toma de la mano cuando nos bajamos y caminamos por una calle más pequeña. Mientras andamos, me recita su lista de lo que debo y no debo hacer. Como no la quiero volver a oír, suelto un "¡Mamá, ya sé!"

Ella pone sus manos en mis hombros y me dice —Felicia, necesito que te portes bien. ¿Entiendes?

Como no me quiero meter en problemas, sólo digo que sí con la cabeza.

BUS

We walk past the huge homes and their lovely gardens in silence. I wonder if my mom feels small when she comes here. I know I do, but I don't ask.

When we arrive, I stare at the huge wooden door and wait for it to open.

Caminamos en silencio por las casas grandes y sus jardines bonitos. Me pregunto si mi mamá se siente pequeñita cuando viene aquí. Yo sí me siento así, pero no le digo nada.

Cuando llegamos, me quedo mirando la enorme puerta de madera y espero a que se abra.

Mrs. Fitzpatrick, a tall red-headed lady, lets us in. Mom goes right to work.

Knowing the routine, I sit down at a large living room table to keep out of my mom's way. I get my coloring book and crayons and catch a glimpse of my mom through the doorway. I don't really like her headscarf, nor do I really like being here.

La señora Fitzpatrick, una mujer alta y pelirroja, nos deja entrar. Mi mamá se pone a trabajar de inmediato.

Como ya me sé la rutina, me siento en una mesa grande de la sala para no estorbarle a mi mamá. Saco mi libro para colorear y mis crayones y alcanzo a ver un pedacito de mi mamá por la puerta. No me gusta el pañuelo que lleva en la cabeza, tampoco me gusta mucho estar aquí.

Bored with coloring, I tiptoe to one of the bedrooms. I walk in, and can't believe my eyes. "WOW." I wish I could stay and play for a while.

Me aburro de colorear y voy de puntillas a una de las recámaras. Entro y no puedo creer lo que veo. "Qué lindo." Me gustaría poder quedarme y jugar un rato.

I wander into another room. I look out the window and notice a swing set out in the yard. Who knew a house could be so grand?

Voy a otra recámara. Me asomo por la ventana y veo columpios en el patio. ¿Quién diría que una casa podría ser tan grande?

Forgetting my mom's list of dos and don'ts, I race out of the room, past the living room and through the back door to the patio. I jump on a swing and pump my legs forwards and backwards, swinging so high that I feel I could touch the sun.

Olvido la lista de mi mamá de lo que debo y no debo hacer y salgo corriendo del cuarto, paso por la sala y la puerta trasera hacia el patio. Me subo a un columpio e impulso mis piernas hacia adelante y hacia atrás, subo tan alto que siento que casi puedo tocar el sol.

As I dance with the sun, I'm startled when I hear my name. I quickly open my eyes and see Mrs. Fitzpatrick. I glance at my mom through the window and then look back to Mrs. Fitzpatrick. I wonder if she knows that I was in one of the bedrooms.

Mrs. Fitzpatrick sets a pitcher of lemonade and a plate of cookies on the patio table. She brings me a cup and a cookie wrapped in a napkin.

Mientras bailo con el sol, me sorprendo cuando escucho mi nombre. Abro los ojos al instante y veo a la señora Fitzpatrick. Veo a mi mamá por la ventana y vuelvo a mirar a la señora Fitzpatrick. ¿Sabrá que estuve en una de las recámaras?

La señora Fitzpatrick pone una jarra de limonada y un plato de galletas en la mesa del patio. Me trae un vaso y una galleta envuelta en una servilleta.

“Hi, do you like the swings?” she says as she sits on the swing next to me. Nervous, I gulp down the lemonade and chomp on the cookie. When I’m finished, Mrs. Fitzpatrick takes the napkin and glass and sets them on the patio table. She then walks back and says to me, “Let’s swing!”

—Hola, ¿te gustan los columpios? —me dice y se sienta en el columpio que está a mi lado. Nerviosa, bebo de un trago la limonada y muerdo la galleta. Cuando termino, la señora Fitzpatrick se lleva la servilleta y el vaso y los pone en la mesita. Luego regresa y me dice— ¡Vamos a columpiarnos!

Enjoying the sun on my face and the cool breeze in my hair, I say, "I wish my house looked like this."

Mrs. Fitzpatrick stops swinging and I do too. She looks down at her belly for a long while. Finally, she says, "Wait here."

Disfruto del sol en mi cara y la brisa fresca en mi pelo, y digo —Cómo me gustaría que mi casa se viera así.

La señora Fitzpatrick deja de columpiarse y yo también lo hago. Ella mira su vientre por un buen rato. Finalmente me dice —Espera aquí.

A few minutes later, Mrs. Fitzpatrick returns and places a small velvet bag in my hand. I immediately open it and pull out a shiny charm bracelet. It has a pink ballet slipper, a star, a heart and a cupcake. I let it dangle and dance in the sunlight.

Mrs. Fitzpatrick clasps the charm bracelet on my wrist.

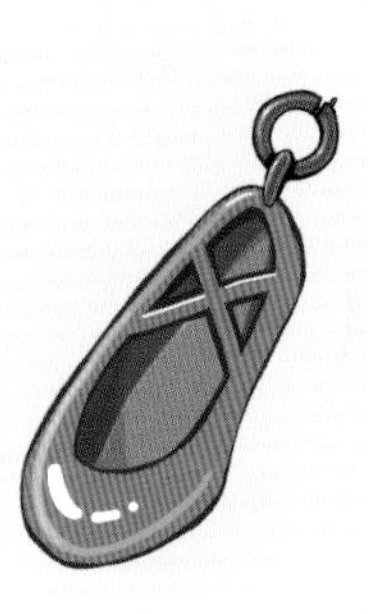

Unos minutos después, la señora Fitzpatrick regresa y pone una bolsita de terciopelo en mi mano. La abro de inmediato y saco una brillante pulsera de dijes de la suerte. Tiene una zapatilla rosa de ballet, una estrella, un corazón y un pastelito. Dejo que cuelgue y baile a la luz del sol.

La señora Fitzpatrick abrocha la pulsera en mi muñeca.

Mrs. Ftizpatrick breathes deeply and says, "A long time ago, my great-grandparents came to America from Ireland."

Interrupting her I say, "I know where Ireland is! It's *far, far, far* away, where the leprechauns live!"

"That's right," she says with a warm smile.

La señora Fitzpatrick respira profundamente y dice —Hace mucho tiempo, mis bisabuelos salieron de Irlanda para venir a Estados Unidos.

La interrumpo y le digo —¡Yo sé dónde está Irlanda! Está *muy*, *muy*, *muy* lejos, ¡en donde viven los duendes!

—Así es —dice con una sonrisa cálida.

"Life in Ireland was hard for them. My great-grandparents came to America with dreams of a better life for their family. That's what your mom wants for you, too." Again she looks down at her belly and says, "Believe that you will have a better life and don't let anyone make you feel that you don't deserve it, because you do. We all deserve to have a charmed life."

—La vida en Irlanda era difícil para ellos. Mis bisabuelos vinieron a Estados Unidos con el sueño de tener una vida mejor para su familia. Eso es lo que tu mamá quiere para ti. —Vuelve a ver su vientre y dice— Debes creer que vas a tener una vida mejor y no dejes que nadie te haga sentir que no la mereces, porque no es así. Todos merecemos una vida afortunada.

I see my mom looking at me through the window. I smile and show her my new charm bracelet, but she doesn't smile back. She signals for me to come.

I look at Mrs. Fitzpatrick and give her a big hug. "Thank you for my bracelet," I say. "I have to go now."

On our way home, we once again walk past the huge homes and their lovely gardens in silence, except for the new sound of my charm bracelet tinkling. When we get to the top of the hill, we sit and wait for the bus.

Veo que mi mamá me está mirando por la ventana. Sonrío y le enseño mi nueva pulsera de dijes de la suerte, pero ella no me sonríe. Me hace una seña para que vaya con ella.

Miro a la señora Fitzpatrick y le doy un fuerte abrazo. —Gracias por mi pulsera —le digo—. Ya me tengo que ir.

De regreso volvemos a pasar en silencio por las casas grandes y sus jardines bonitos, sólo que ahora se escucha el campaneo de mi pulsera. Cuando llegamos a lo más alto del cerro, nos sentamos y esperamos el autobús.

On the bus ride home, I tug my mom's sleeve to show her my new charm bracelet. But she doesn't look pleased with my gift.

"Mamá, I'm going to have a super charmed life."

My mom looks at me and then stares out the bus window. I tug at her again and say, "Mamá, I am. We both are."

My mom touches the charms on my bracelet. A slow smile spreads across her face as she says, "Yes, Felicia, you will have a very charmed life."

En el autobús camino a casa, tiro de la manga de mi mamá para enseñarle mi nueva pulsera. Pero ella no parece contenta con mi regalo.

—Mamá, voy a tener una vida con mucha suerte.

Mi mamá me mira y luego se queda mirando fijamente por la ventana del autobús. Vuelvo a tirarle la manga y le digo —Mamá, sí la voy a tener. Las dos la tendremos.

Mi mamá toca los dijes de mi pulsera. Lentamente, una sonrisa se extiende por su rostro y dice —Sí, Felicia, vas a tener una vida con mucha suerte.

Gladys E. Barbieri is a first-grade teacher in Los Angeles, California. The daughter of a Salvadoran mother and a Nicaraguan father, she understands the challenges immigrant children face as they become bilingual and bicultural. She received her B.A. in Communications from the University of San Francisco and her M.A. in Elementary Education from Loyola Marymount University in Los Angeles. She is the author of *Rubber Shoes: A Lesson in Gratitude / Los zapatos de goma: Una lección de gratitud* and *Pink Fire Trucks / Los camiones de bomberos de color rosado.*

Gladys E. Barbieri es maestra de primer año en Los Ángeles, California. Como hija de madre salvadoreña y padre nicaragüense comparte los desafíos que enfrentan los niños inmigrantes al convertirse en personas bilingües y biculturales. Tiene una licenciatura en comunicaciones de la Universidad de San Francisco y una maestría en educación primaria de Loyola Marymount University en Los Ángeles. Es autora de *Rubber Shoes: A Lesson in Gratitude / Los zapatos de goma: Una lección de gratitud* y *Pink Fire Trucks / Los camiones de bomberos de color rosado.*

Lisa Fields received her BFA in illustration in 2006 from Ringling School of Art and Design. She is a member of the Society of Children's Book Writers and Illustrators. Fields illustrated *Sofía and the Purple Dress / Sofía y el vestido morado* (Piñata Books, 2012), *Grandma's Chocolate / El chocolate de Abuelita* (Piñata Books, 2010) and *The Triple Banana Split Boy / El niño goloso* (Piñata Books, 2009). She currently resides in White Plains, New York.

Lisa Fields recibió su BFA en ilustración en 2006 del Ringling School of Art and Design. Es miembro de la Sociedad de Escritores e Ilustradores Infantiles. Fields ilustró *Sofía and the Purple Dress / Sofía y el vestido morado* (Piñata Books, 2012), *Grandma's Chocolate / El chocolate de Abuelita* (Piñata Books, 2010) y *The Triple Banana Split Boy / El niño goloso* (Piñata Books, 2009). En la actualidad, Lisa vive en White Plains, Nueva York.